歌集 さだめなき彷徨

Promeneur qui ne avoir pas des visées specieles

藤原和夫

歌集　さだめなき彷徨　目次

はじめに

本書『さだめなき彷徨』は、私にとっての四冊目の歌集である。前作の第三歌集『ひそやかな献杯』が平成二十八年（二〇一六年）であったから、ほぼ七年ぶりの刊行ということになる。収録した歌は約四百首。最初の第一歌集から数えてみると、過去九年間で四冊の歌集を出した勘定になる。よくもまあ短い期間にこれだけの量の歌をつくったものだと、われながら感じ入ってしまう。こう記した後で、いくばくか内心の火照りを感じながら、現在の私の心象風景を思いやれば、次のような歌に仮託することができる。

ひとつ越えまたひとつ越えその先にようよう広がる短歌ヶ原《うたまがはら》が

ここで譬《たと》え話をすると、私はある目的地に向かって荒野を進んでいる。そこに辿りつくには、いくつかの丘を越えなければならない。今ようやくその目的地、

「高天原《たかまがはら》」ならぬ「短歌ヶ原」という広野が見える地点に着いた。ほっと胸をなで下ろし遠景を見やっているとき、思わず私の口をついて歌が出てきた、それが先に掲げた歌であったというわけである。短歌ヶ原とはもちろん私の造語である。

＊

この本は、①どのような経緯をもってつくられ、②どのような構成・内容になっているか、これらの点について掻《か》いつまんで触れておこう。まず一点目。平成二十九年（二〇一七年）に二つの旅行をした。春の福島県磐城地方への、そして夏の関西方面への旅行である。久しく旧常磐炭鉱の産業遺産を見たいと思っていたが、それがようやく実現し、再現された模擬坑道を歩くことができた。また関西旅行では、彦根城から比叡山を経て京都御所に至る道々を辿ることができた。先人の残したさまざまな事跡に触れることで、道すがら多くのことを考え、切々たる思いのなかに沈淪《ちんりん》した。こうした古き良きものを訪ねた感慨が、この第四歌集をつくるきっかけとなった。

旅に出れば歌をつくりたくなる、歌をつくりたいがために旅に出る、どっちがどうなんだ、いってみれば「卵が先か鶏が先か」という議論にも似たある種のトートロジーでもあるが、それにしてもつくづく思い知らされるのは「旅と歌とは相性がいい」ということである。私は前作『ひそやかな献杯』の「まえがき」で次のように書いた。「……いつもいつも同じような歌づくりをしていては、やがて手垢のついた同工異曲におちいるのは必定。そうした〝淀んだ空気〟の弊をさけるには、新しい感興を掘り起こし、倦《う》みかけた心に〝新鮮な空気〟を吹き込んでやらなければならない。別の言い方をすれば、ときに歌づくりへの新しい試みに挑むことが必要となる」と。これだけを読めば、いかにも旅の歌は卒業だと言わんばかりの筆法と思われても仕方がない。しかしやはり旅に出ればその魅力には抗しきれないということだろう、帰京後せっせと歌作のペンを握りしめたのであった。

これまでのわが国の文芸史において、旅に関して膨大な数の短歌が蓄積されている。そこには、詠歌に適したしっくりした語彙やなじみある言い回しが豊富に存在していて、それが歌を詠む人間の背中を後押しする。やはり古来言われているように、旅枕が歌づくりの大きなきっかけになるのは間違いあるまい。私が西行法師や若山牧水に敬愛を寄せてきたのも、そんなところに大いに関係しているといえよう。ただし私の今回の歌集においては、先ほど述べた新しい試みに挑むという心持ちからして単なる「叙景」にとどまらず、やや意想外とも思えるような「叙情」の部分もそれ相当に盛り込んだことを付言しておきたい。

経緯はそのぐらいにして、二点目として挙げたどのような構成・内容になっているかに話を移そう。「そんなことは目次を見ればわかるじゃないか」という人がいるかもしれないが、それでは身も蓋もないので、その特徴的な点を含めて「これを読めばおよその壺はわかる」という具合に順次説明を加えていくことにする。

＊

本書は第Ⅰ章から第Ⅲ章までの三つの部分からなっており、そのそれぞれに三つの節を均等に配している。第Ⅰ章は「天の巻」というタイトル。天《あま》の下にあって特に印象に残った事柄に着目しつつ、その来歴を探ろうという意図で編んだ章であって、過ぎ去ったものに愛着を覚えるという、私自身の性癖がよく出ているといえようか。「天の巻」とはずいぶん大げさなタイトルだと思わないでもない。茫漠としたものは具体性に欠ける憾《うら》みがあるので、もっと内容に則して「海の巻」とでもする方が適切なのかもしれない。まあしかし「一天四海《いってんしかい》」という言葉もあることだし、より広い言葉「天」を用いても差し支えあるまいと考えた。本章は「浪板《なみいた》の砂《すな》」「磐城《いわき》の春《はる》」「桟橋《さんばし》の風《かぜ》」の三つの節からなっており、それぞれ以下のような歌を詠んでいる。

白砂のみぎわに群れる水鳥の羽音に覚める「はまぎく」の宿（浪）
みどり葉の切岸《きりぎし》に立ちてうち望む春靄《はるもや》にかすむ平潟《ひらかた》の海（磐）
去りし夢もういいじゃないか今はただ大桟橋の浜風《かぜ》を楽しめ（桟）

ここでの視点は、過去と現在を行ったり来たりして、連想が連想を呼ぶような形になっており、いわゆる「温故知新」の趣きを呈している。

まず「浪板の砂」について触れよう。その中で民話の里としての遠野にまつわる歌をいろいろと詠んでいる。柳田国男といえば『遠野物語』を連想するが、この人は出自や経歴の面ではもともと東北地方とは縁がなく、後に民俗学研究に取り組むようになってから遠野を訪れたのであった。私は遠野からほど遠からぬ同じ岩手県の宮古で生まれ育った人間であるが、交通網の関係から、ゆっくりとこの町を見学したことがなかった。近年になって初めて訪問したと言っていい。したがって『遠野物語』に書かれている伝説や地名には聞きなじみがあったが、改めて今となって遠野の民俗学的な価値について認識を定かにした次第である。

「桟橋の風」の素材となった横浜には、もう何度も足を運んでいるが、この町の有する特異な歴史や文化、そして産業面における重要な役割に大いなる関心を抱いてきた。その特徴が「近代以降の急速な発展」と「港町のもつ開明性」にあるのはよく知られていよう。同じ港町としてよく神戸と比較されるが、作家の司馬遼太郎は、両者を比較してその著書『街道をゆく』のなかで、横浜の方がより陰影に富んだ歴史をもっていると指摘している。この辺の事柄を、私は今回の歌集において短歌として詠んでみた。

＊

第Ⅱ章は「地の巻」。地上にある人工の構造物である都市や建物などから触発されて詠んだ歌をまとめた。「湖畔《こはん》の城《しろ》」「祇園《ぎおん》の灯《ともしび》」「軍都《ぐんと》の幻《まぼろし》」という三つの節からなる。

蝉《せみ》しぐれ古城に向かう坂道を汗ぬぐいつつ喘《あえ》ぎて登る（湖）
じりじりと日に照らされて京都御所足《あし》裏に伝わる玉砂利の熱（祇）
過ぎし日の軍都の姿うかびでる秋たける日まぼろしのごとく（軍）

ここでの叙述のスタイルは、時間軸に沿った「線形」の構造をなしている。目に映る情景がAからB、そしてBからCと移動していくにつれ、連続的に歌が詠まれていく。例えば「湖畔の城」では、私の身体は関ヶ原↓彦根城↓琵琶湖畔と移動していくが、それに対応した形で歌が並べられている。まあ羇旅《きりょ》歌についての典型的な形であろう。

ここでは特に第三節の「軍都の幻」について触れておく。本節は、自分が居を置く東京が舞台だけに旅行詠とまでは言えないが、基本的には同じ性質をもっている。自宅から外へ出て歩き回るとき、その距離の遠近によって旅行とも呼ばれ、また散策とも呼ばれるが、出歩くという行為に関しては同じであって、やはり線形の構造をなしている。タイトルからわかるように戦争が主たるテーマとなっている。今日きらびやかな繁栄をほこる平和都市・東京は、かつてこの国における最大の軍事都市であった。

至るところにその残滓がひそんでいるが、ぼんやりと表通りを歩いているだけでは、それを実感することは難しい。目をこらして処々に残っている軍都の面影を探ろうとしたのが、本節の試み。私が観察したのはほんの一部であって、まだたくさんの戦争遺産が存している。私的な観察だけをもって全体を判断すれば「葦《よし》の髄から天井をのぞく」という弊におちいる恐れがあるが、小さな一点から全体の本質が見えてくることだってある。ちっぽけな歌集にとって、しかも短詩型という制約のなか負担の大きいテーマであるが、戦争の悲劇を言わずにはいられない心境にあったのも確かである。

その関連でさらに続ける。最近の歌壇の傾向について、私はちょっとした違和感を抱いている。人気があるとされている歌人が先ごろ著作をなした。さっそく入手してページを繰ってみたが、そこで気づいたのは社会的事象についての関心が恐ろしいほど薄いということであった。個人的な趣味や嗜好ばかりに終始していて、戦争・政治・歴史といった重いテーマにはほとんど関心を払っていない。そこに列記された数百の歌は、いずれも個人生活のこまごました出来事を扱ったもので、読んでいて「それがどうした」と呟《つぶや》かざるを得ないような書きぶりであった。まさにミーイズムここに極まれり。あえて口語体を駆使して、新しい情趣を表現しようとしているのだろうが、それらの言語表現に私はさほどの美しさを感じることができない。

＊

さて第Ⅲ章には「人の巻」というタイトルを付した。先の章において個人的感慨を大事にしすぎる短歌について苦言を呈したばかりなので、いささか歯切れわるく感じられるかもしれないが、この章では、私の身のまわりで起こった出来事に関する歌を集めた。「鎮魂《ちんこん》の歌《うた》」「悦楽《えつらく》の刻《とき》」「黄昏《たそがれ》の賦《ふ》」という三つの節からなっている。

窓のそと内房《うちぼう》の海みやりては亡き友の名をそっと呟《つぶや》く（鎮）
許されよ浴衣《ゆかた》の紐《ひも》もしどけなく今日《きょう》をかぎりの食道楽《ガストロノミア》を（悦）
ぺったりとコンクリに座《すわ》りひと呼吸寄る年波に浮き雲ながれ（黄）

ご覧のように、惜別・加齢・生命連鎖など生老病死に関するものを詠っている。途中の節に個人的な嗜好である食悦などの部分も含んでいるが、まさに老境の歌というしかない。子孫の数は増えても、おのが身の肉体の衰えは進行しており、生物学的な寿命が迫っていると思わないでもない。それだけ余計、過去に胸を熱くした良き思い出がよみがえってくる。「記憶の濃淡の感覚」と「時間の長短の感覚」とは反比例すると喝破したのは、ドイツの作家トーマス・マンであったと思うが、確かに楽しい時間は短く感じられ、苦しい時間は長く感じられるものである。このことから性急に、残り時間を長くするには楽しく過ごしてはいけないという結論を引き出しては間違いだろう。むしろ逆に、残された短い時間だからこそ楽しく過ごすべきだという方向を目指さなければならないだろう。

＊

以上、第Ⅰ章から第Ⅲ章まであらましを述べてきた。結論的にいうと本書は、私を取り巻く種々の要素に光を当てながら、生活の諸相を詠んだ作品であって、その意味では二〇一七年から二〇二二年にかけての自己像をトータルに描いたものといえる。楽しい気分の歌もあれば、悲しい気分の歌もある。また嬉しい気分の歌もあれば、悔しい気分の歌もある。

そうしてみると、さながら四方八方の道ゆき「さだめなき彷徨《ほうこう》」の感を呈している。そうまさに本書のタイトルはここに由来している。彷徨とは元々さだめないものだろうから一種の冗語というか同義反復と言えなくもないが……。形式《フォルム》を明確にしたいという欲求、ある種の類型化への希求、そういったものが私の中に抜きがたく存在している。そうならざるところに、私は美を感じることができない。形式において保守的でありながら、内容《コンテンツ》において革新的たらんとする現実主義者、キリギリスのように鳴いては、アリのように働く浪漫的合理主義者、それが私のありようなのだと、ここではひとまず言っておくことにしよう。

藤原和夫

（イラスト・徳永勝哉）

Ⅰ 天の巻

浪板の砂

白砂のみぎわに群れる水鳥の
　羽音に覚める「はまぎく」の宿

磯の辺《へ》にきらりと光る桜貝
　「見いつけた！」と幼き声が

孫たちと波間を泳ぐ我もまた
　浮きつ沈みつ潮の辛《から》さよ

三陸・浪板海岸

おお潮よ流しておくれ何もかも
体の澱《おり》も心の垢《あか》も

ふるさとの海はなつかし香《か》を吸えば
時交《か》わさずに生気よみがえる

気がおけぬ往時のけしき今もまた
カモメ舞いたり狭間《はざま》の空を

顎《あご》ひげもいまだ揃《そろ》わぬあの頃に
浜で過ごせし甘き思い出

片波を受けつつ潮浴《しおあ》み過ぎし日に
　身は冷えるとも心は熱し

思春期の心の騒《ぞめ》き御《ぎょ》しがたく
　見つめる先にきらら少女が

そよ風にポニーテールが揺れるたび
　胸の炎《ほむら》はちょろちょろ燃えて

何なんだこの常ならぬときめきは
　秘密の扉あけた戸惑《とまど》い？

それまでと違った景色《けしき》が見えてくる
　異界《いかい》に足を踏み入れたような

嬉《うれ》しさとこっ恥《ぱ》ずかしさがないまぜの
　心にともる不知火《しらぬい》と言うべき

水つたう磯の鮑《あわび》の片思い……
　そうそう事はうまく運ばんて

どことなくエーゲ海の島廻《しまみ》に似てるかも
　海原《うなばら》はるか沖つ白波

思い出《い》づ海にまつわるホメロスの
　波乱にみちた英雄叙事詩を

オデュッセウスの航海譚《こうかいたん》はわが胸の
　ギリシアへの思慕《しぼ》ひたぶる高めつ

アホウドリの翼ありせばゆうゆうと
　海彼《うみひ》の国に行かるるものを

三陸鉄道リアス線ぽつねんと
　広場の横に震災碑あり

「オデュッセウスは幾歳月、身内の者から遠く離れて海の臍《ほぞ》なる、波洗う孤島で辛苦を嘗《な》めている」（ホメロス『オデュッセイア』より）

無人駅ひっそりとした時間待ち
無聊《ぶりょう》なぐさめる黄《き》まだらの蝶

白壁にいささか間抜けのかくれんぼ
こんなところに揚羽《あげは》の蛹《さなぎ》が

えも言えぬ夕焼けレッドの雲を見て
今日の良き日に謝したてまつる

一日の疲れとるべく路地裏の
赤い灯《ひ》さがす我にあるかな

お世辞にも都会風《アーバン》とは言いかねる
店舗《みせ》で飲みほす琥珀《アンバー》色の酒

＊

民俗学《フォークロア》の柳田国男に導かれ
遠野《とおの》の駅にいま降り立てり

山蒼《あお》く水白くしてみちのくの
巣《す》ごもる町に南風《はえ》ふきわたる

駅舎よりはるかに見やる早池峰《はやちね》の
霊気ここまで届かざらんや

「仙人峠《せんにん》」「猿ヶ石川《さるがいし》」「附馬牛《つくもうし》」
地名いかにも妖気《ようき》ただよう

オシラサマはたザシキワラシとりどりの
伝説に満つ不可思議《ミステリアス》の里

河童《かっぱ》なる奇《く》しき生きもの見らばやと
野川の淵に眼《まなこ》こらしつ

迷信とわかっていても戯《たわむ》れに
いざ出よ河童！　われ長《なご》う待つ

「ザシキワラシ……この神の宿りたもう家は
富貴自在なり」（『遠野物語』）

水搔《か》きがあるとか顔が赤いとか
　オヌシなにものか喝破《かっぱ》しようぞ

遠野馬《うま》つぶらな瞳《ひとみ》しなる脚《あし》
　だれをも魅する栗色の巨躯《きょく》

汝《なれ》なしに郷土の歴史は語れまい
　野中《のなか》に馬頭観音《ばとうかんのん》みれば

村人《むらびと》と馬との関《かか》わり聞くなへに
　悲しき伝承《つたえ》に打ちのめされぬ

「娘、馬を恋して……馬と夫婦になれり……父これを悪《にく》みて馬の首を切り落せしに、娘はその首に乗りたるまま天に昇《のぼ》り去れり」
（『同』）

都会人《みやこびと》ひなの山河の遠ければ
　さぞ見えざらむ山人《さんじん》の暮らし

貧《ひん》ゆえに殺してくれとせがむ子に
　鉞《まさかり》ふるう父こそあわれ

古事記にも日本書紀にも記《しる》されぬ
　僻陬《へきすう》の地にも常民これあり

碩学《せきがく》の言わんとするは民草《たみくさ》の
　あゆみ見ずして何の史学ぞと

柳田国男『山の人生』より

日本人の祖型《ルーツ》はいずこ尋《と》めあるく
翁《おう》の気魄《きはく》に驚かされぬ

若き日に伊良湖《いらこ》の浜で椰子《やし》の実を
拾いあげしと著作《ほん》に綴りき

愛知県渥美半島

南方《みなかた》ゆ漂着《よりもの》の椰子に想を得て
はるけく望む海上の道

この逸話《はなし》もとに作られし抒情歌は
いく久しくも歌い継がれたり

島崎藤村「椰子の実」

＊

新しい刺激もとめて当世の
　も一つの民話を読むことにしよう

あふれ出る言葉の渦に引き込まれ
　読み手いつしか物語《コント》に沈む

なんという換骨奪胎《かんこつだったい》おそれいる
　惨劇《ミゼーレ》ときに笑劇《ファルス》に変じて

わが笑い戯作者の笑いに共鳴す
　同じ郷土の心性《メンタリティ》のゆえか

井上ひさし『新釈遠野物語』

磐城の春

道の端《は》に愛《め》でられもせず咲く花を
いとしと思うみちのくの旅

野《の》草《ぐさ》には野草の美あり命の火
しぶとく燃やすその姿こそ

才《さい》なくて大道《おおみち》それた我ときて
野草のように生きたしと思《も》う

吹きすさぶ暴風《かぜ》にまかれた傷のあと
履歴書にある中退の文字

軛《くびき》なき若気の至りと言うまいぞ
理想《ユートピア》もとめたあの熱き日を

新生を夢みて安田講堂を
遠まきにした愚を笑うがいいさ

阿武隈《あぶくま》の森にいつしか春がきて
ときおり聞こゆ初鶯《はつどり》の声

山裾《やますそ》にこれ見よがしの淡紅花《ピンク》
　どこか淫《いん》の気かもし出したり

むらさきのカタクリの花その傍《はた》を
　だんだら模様の蝶ふんわりと舞う

ああ春よ鳥啼《な》き花咲き蝶が舞う
　命うごめく季節にぞありける

訪《おとの》うた磐城《いわき》の里は音もなく
　照れる春日《はるひ》にまどろむごとし

＊

音にきく常磐《じょうばん》炭鉱湯本《ゆもと》坑
　いま目交《まなか》いに斜坑の口が

大地《おおつち》にぽっかり空いた黒き穴
　これぞ炭山《すみやま》掘りだしの跡

身をかがめ闇をのぞけば気《け》恐ろし
　彷彿《ほうふつ》せしむブラックホールを

地下ふかく張りめぐらされた坑道は
　黄泉《よみ》ともまごう漆黒の世界

地の底を土竜《もぐら》もかくや掘りすすむ
鶴嘴《はし》ふる人の姿ぞ雄々しき

ざくざくと富うましめる鉱山《かなやま》の
切羽《きりは》作業は苦役に似たり

わが国の近代化に資したるこの炭鉱《やま》も
三池《みいけ》に次いで閉山となりぬ

穴掘りはもはや用なし炎《ほむら》たつ
黒き燃え水の時節となれば

九州・大牟田の三池炭鉱

錆《さび》ついた竪坑《たてこう》やぐらは今もなお
　問わず語りに歴史を語る

回想の展示写真みるその中で
　坑夫《こうふ》汗して黒びかりして

幾重にも軒をならべる炭鉱住宅《たんじゅう》に
　さぞあふれしや幾万の声

ズリ山のもとで盆踊りに興じたる
　老若男女《ろうにゃくなんにょ》のうれしげな表情《かお》

朽ちるとも誇らしくあれ野ざらしの
産業遺構に春の光《ひ》そそぐ

世の中に人間《ひと》の営みあるかぎり
炭鉱《やま》の記憶は消え去らざるべし

＊

だれもみな肌に粟《あわ》して慄《わなな》いた
福島原発炉心溶融《メルトダウン》に

原子力は二十世紀の火の神《プロメテウス》と
言われて久し徒《あだ》しき神話

二〇一一年三月の東日本大震災

そもそもが陽子・中性子ふりほどき
熱量《エネルギー》得るなぞけったいな話さ

フクシマの空は悲しも目に見えぬ
放射能さわ「まほろば」汚《けが》せば

人間と自然との調和おびやかす
どこか危ういウランの竈《かまど》

＊

県境《くにざかい》の浜街道は雨のなか
五浦《いづら》の岬にハナミズキ白《しろ》し

大洋《うみ》のぞむ炊煙《すいえん》もなき丘の上《え》に
　岡倉天心《おかくらてんしん》の石碑はありて

みどり葉の切岸《きりぎし》に立ちてうち望む
　春靄《はるもや》にかすむ平潟《ひらかた》の海

荒磯に立てる真紅《しんく》の六角堂
　たたずまい実《げ》に風狂《ふうきょう》めいて

端座《たんざ》して瞑想にふける天心に
　千代《ちよ》の潮騒どう聞こえしや

茨城県天心記念美術館

館内にならぶ日本画それぞれに
ひたひた寄せる生命《いのち》のうごめき

枝先の鋭《と》きまなざしの翡翠《かわせみ》が
獲物めざしていま発《た》たんとす

金泥《こんでい》の絹本《きぬ》に描かれし紅梅図
さながら薫香《くんこう》におい立つような

東洋の美の精髄《エッセンス》をしかと見て
ふっと憩える茶房のひととき

桟橋の風

これまでにどれほどの流行歌《うた》に詠まれしや
「みなと横浜」歌枕のように

「よこはまたそがれ」「ブルーライトヨコハマ」
「さよなら横浜」「追いかけて横浜」

恋・涙・かもめ・海鳴りの常套句《クリーシェ》は
哀愁そそる四点セット

霧や霧それも夜霧にかぎるべし
　灯影《ほかげ》の波止場に立つ快男児《おとこ》なんてね

ふらり入《い》る海岸通りのスナックに
　流れる音楽いと艶《なま》めかし

胸えぐるテナーサックスの長鳴りは
　火酒《テキーラ》にも似て腑《ふ》に滲《し》みわたる

ぬばたまの夜のしじまに溶けていく
　吹奏法《フレージング》は吐息《といき》のごとし

よみがえるこころに満てるはなやぎの
まぼろしに酔うよこはまの夜

*

ゆくりなく鶴《たづ》なきわたる葦原《あしはら》に
さだめし人影まばらにありけむ

武蔵国久良岐《くらき》郡なる横浜村
漁《すなど》る住民《たみ》は数百にすぎず

汝《な》れ知るや藩政時代のこの浦は
真菰《まこも》がくれの寒村《かんそん》たりしを

吹き寄せるうたこの地に黒船《くろふね》の
文明開化のいみじき風が

時おかず潟《かた》埋められて居留地《きょりゅうち》に
異国の高楼ひしめき立てり

馬車道《ばしゃみち》でさぞ聞こえなむ外国語
Pardon《パーダン》 me《ミー》 やら Bon《ボン》 jour《ジュール》 やら

瓦斯《ガス》灯も麦酒《ビール》・牛鍋・新聞も
ことごと横浜《ハマ》を嚆矢《こうし》となせる

嘉永六年（一八五三年）のペリー来航

白球に歓声あがる横浜球場《スタジアム》
　そもやこの地は遊郭たりしと
「らしゃめん」と呼ばれし遊女のすさまじき
　閨事《ねや》を拒みて自害せしとか
開港より百年《ももとせ》あまりの歳月《としつき》で
　いかほど浦は変貌《へんぼう》とげしや
とくと見よ「みなとみらい」のビル群を
　殷賑《いんしん》きわめる都会となりぬ

*

「露《つゆ》をだにいとう大和《やまと》のおみなえしふる亜米《あめ》
利加《りか》に袖はぬらさじ」（ある遊女の辞世歌）

開化《かいか》への鉄腕の意志とめどなく
　でかいのなんの大桟橋は

往時には銅鑼《どら》の音《ね》ひびかせ貨客船
　ここより大海《うみ》に出《い》で立ちしとぞ

今はもう役割おえて氷川丸《ひかわまる》
　赤錆《あかさび》まみれ余生を送る

この地より幾万の移民《いみん》南米へ
　耳になつかし「あるぜんちな丸」

*

照れもなく卒業文集《ぶんしゅう》に書いた「ぼくの夢」
外国航路の船長になりたいと

奇《く》しき夢ついえるものと知りながら
欠片《かけら》はなおも腸《はらわた》の底に

あの夢はどこへいったんだ波さわぐ
桟橋《さんばし》に立ちてさしぐみに思《も》う

憤怒《ふんぬ》とも郷愁《ノスタルジー》ともつかぬ感情が
海育ちの身にふつふつ湧けり

去りし夢もういいじゃないか今はただ
　大桟橋の浜風《かぜ》を楽しめ

日ざかりの山下公園「薔薇《ばら》の苑《その》」
　双足《もろあし》とめてしばし見とれる

赤・白・黄とりどりに咲く一隅《ひとすみ》は
　野辺《のべ》にひろげた曼荼羅《まんだら》のごとし

ひと口に薔薇とは言えど多数《さわ》ありて
　人が愛《め》でるはみな改良種なり

花弁《はなびら》も花序《はなぶり》も芳香《におい》もバラバラだ
冗句《ジョーク》ばらまく我にあるかな

なじみある「酒とバラの日々」の旋律《メロディー》を
香に噎《む》せながらふと口ずさむ

育種者の標示板《プレート》みればそれぞれに
英仏独の名ほこらしげに並ぶ

エリザベスやらアントワネットやら記《しる》された
種名が放つ大国の片鱗《へんりん》

古来より愛の表現《しるし》の水無瀬川《みなせ》
水面《みなも》に浮かべる薔薇の花房《はなぶさ》

男から女におくる花がたみ
消えずもがなと愛のしるしを

巷《ちまた》にはとこしえの愛の誓いとて
薔薇の刺青《いれずみ》ほる男ありと

悲しいかないつかは枯れる定めにぞ
花の命は陽炎《かげろう》に似て

マリンタワーのぼりて思う変革の
熱気みそらに充満するを

汽笛ふく進取的気性《フロンティア・スピリット》そこかしこ
横浜しかり神戸もしかり

常盤木《ときわぎ》の木《こ》の暗《く》れすぎてフランス山
浦廻《うらみ》をわたる風ここちよし

しのぶれど栄華も驕奢《きょうしゃ》も百草《ももくさ》に
埋もれし四千の外人墓地よ

Ⅱ　地の巻

湖畔の城

心寂《うらさ》びて血の気なき日々過ぎゆけば
いや増しに増すわが旅ごころ

目をつぶり「草枕《ヴォヤージュ》」とひとつ呟《つぶや》いて
夢路をたどる我にあるかも

つつがなく旅支度おえ手に切符《きっぷ》
かばんに地図帳《マップ》いざ行《スタートアップ》かんかな

流れゆく車窓より見る古戦場
　しのぶ方便《よすが》とて多くはあらねど

ああこれが関ヶ原なるぞ！　そのかみに
　武者《つわもの》の血潮いかほど流れしや

鬨《とき》のこえ刀剣のうなり旗《き》のゆらぎ
　ありし日の合戦のさま思うべし

蟬《せみ》しぐれ古城に向かう坂道を
　汗ぬぐいつつ喘《あえ》ぎて登る

古稀《こき》の坂とまれかくまれ越ゆれども
どうにも難《かた》し羊腸《ようちょう》の坂

首筋に白布《しらぬの》あてがいひと休み
すずしげに蜻蛉《とんぼ》かたわらを過ぐ

あかがねの梵鐘《かね》ひっそりと楼にあり
白き櫓《やぐら》に青さび映えて

気高くてそれでいてどこか優しくて
天守閣そびゆ彦根の丘に

苦しくも登れば晴れるわが心
　湖風《うみかぜ》あまく頬をなでたり

外面《そとづら》は美々しといえど矢弾《やだま》うつ
　狭間《さま》の多きに城砦と知る

四百年城攻《しろぜ》めこれなく高まくら
　井伊の殿様ラッキーでござる

＊

さざなみの滋賀の都の夕空を
　ねぐらを指して黒鳥《くろとり》が翔《ゆ》く

黒鳥の羽ばたき見やる我もまた
　ひと夜のねぐら指して歩まん

八月の朝の光をたっぷりと
　浴びてはたゆたう琵琶の大湖《おおうみ》

何もかも呆れるほどののびやかさ
　水と光と比叡《ひえい》の山と

鳰《にお》の海ここで果てても惜しからず……
　人麻呂《ひとまろ》の声きこえてきそうな

柿本人麻呂「ささなみの志賀の大わだよどむとも……」

水面《みなも》には遊覧船の航跡《あと》しるくして
　思いうかべる「周航の歌」を

三連符《さんれんぷ》の車輪のうめき小気味よし
　京阪電鉄石山本線

雲はとび電車は走る身はゆれる
　パラパラ画のごと景色《けい》うつりゆく

シャーシャーと重たげに鳴く蝉の声
　関西ならでは夏の一齣《ひとこま》

「われは湖《うみ》の子さすらいの旅にしあればしみじみと昇る狭霧《さぎり》や……」

「こんにちは」旅人のわれに呼びかける
比叡山高校野球部の諸君!

絶景かな落雁《らくがん》こそなけれ堅田《かただ》橋
ケーブルカーの窓ごしに見る

延暦寺ちとせ閲《けみ》して今もなお
根本中堂すこぶる厳たり

木《こ》の暗《く》れの杉林のなか凛《りん》として
法《のり》のともしび今日も燃え立つ

近江八景「堅田の落雁」

蝋燭《ろうそく》の明かりでひとり経を読む
　黒衣の沙門《さもん》むかしも今も

文《ふみ》で知る鎮護国家のこの寺で
　修行かさねし名僧かずかず

親鸞《しんらん》も道元《どうげん》・日蓮《にちれん》おのがじし
　伝教大師《でんぎょうだいし》の威徳《とく》あればこそ

ひと夜にて伽藍《がらん》をなべて焼き払う
　戦国の世に覇道の人あり

一五七一年の織田信長による焼き討ち

霊山をまるごと破却せしむとは
　神仏おそれぬ驚きの所業！

境内に居ならぶ赤い消防車
　いわく因縁を思い出さしむ

焼く者はやがて焼かれる世のさだめ
　一代の英雄つかのまの栄華

信長《のぶなが》の築きし城は夢のあと
　安土《あづち》の山に夏草ふかし

「根本中堂、霊仏・霊社・僧坊・経巻一字も残さず……焼き払ひ、灰燼の地となすことこそ哀れなれ」（太田牛一『信長公記』巻四）

祇園の灯

北嶺《ほくれい》のふもと流れる高野川《たかのがわ》
　木《こ》の間がくれの水音すずし

青もみじ八瀬《やせ》のせせらぎ袖ぬらし
　京の童子《わらべ》が楽しげに遊ぶ

暑いぞと聞いてはいたが南無三宝《なむさんぽう》
　今日の京都は狂するほどに

烏丸《からすま》がこうも暑くちゃ姉三《あねさん》も
　六角蛸《ろっかくたこ》もみな暑かろうに

いずれも京都の街路名

じりじりと日に照らされて京都御所
　足裏《あし》に伝わる玉砂利の熱

高照らす権威のみなもと高御座《たかみくら》
　いかで繁《しげ》しく裁可くだせる

紫宸殿《ししんでん》すっくと南庭《なんでい》に立ちのびる
　左近のさくら右近のたちばな

これがかの清涼殿《せいりょうでん》かと近づけば
　おのずと浮かぶ才媛《さいえん》の名が

平《たい》けく安《やす》らけくあれ平安京
　「平安ならざる」出来事《こと》も多かりき

蛤《はまぐり》御門《ごもん》なんとも奇しきその響き
　幕末のいさかい思わざるなし

懸《か》けまくも戊辰《ぼしん》会津の落城も
　この内裏より勅命出《い》づると

清少納言『枕草子』

平家一門の建礼門院徳子

建礼門《けんれいもん》その名を聞けば思わるる
　壇ノ浦《だんのうら》ただよう悲しみの女人を

＊

京のまち冬嗣《ふゆつぐ》にはじまり道長《みちなが》へと
　糸でつながる藤氏《とうし》の地なり

歴史書にいったい幾人《いくたり》われと同じ
　藤原姓が登場するやら

わが素性問《と》う学友の顔容《かんばせ》に
　けげんの表情うかぶことあり

出身は京都《みやこ》にあらず空遠い
　みちのく宮古《みやこ》とはばかり答えつ

奥州の「フジワラ」なれば荒《あら》えびす
　清衡《きよひら》の末裔《すえ》と勘違いされ

平泉も京都もなんの関係もあらへん
　やんごとなき姓氏《うじ》？　ただの偶然さ

かくのごとミヤコは遠くまた近く
　揺れる心にしばし戸惑う

言うなれば羨《うらや》みと疎《うと》みがないまぜの
しどろもどろの御《ぎょ》しがたき感情

辺境に生まれし者の偏狭《へんきょう》と
決して言うまいぞ同じ人民《たみ》とて

＊

夕涼みそぞろ歩きの東山《ひがしやま》
ゆかた姿の女人うるわし

暮れなずむ八坂神社の瑞垣《みずがき》に
外《と》つ国の人ちらほらと見え

灯《ともしび》を背にうけ散策《さんさく》道なかば
　たまさか入りぬ石塀小路《いしべこうじ》に

板塀に格子戸の影ほの映り
　靴音ひびく石畳のみち

ほどほどに古風《こふう》と今風《いまふう》が入り混じる
　幻想的《ファンタスティック》な辻にあるぞな

古き良き祇園《ぎおん》のたたずまい此処《ここ》にあり！
　小粋な造作《つくり》と優雅な所作《しぐさ》と

美濃紙の障子《しょうじ》にうつる陰影《シルエット》に
たおやかな美の一端を見る

これぞかの文豪が書物《かきもの》に記《しる》したる
本朝ならではの情趣たるべし

＊

深みどり円山公園《まるやまこうえん》のどけくも
かつては寥《りょう》たる墓所であるらし

名の知れた学僧慈円《じえん》の歌碑ありて
八坂ヶ原の往時しのばれる

谷崎潤一郎『陰翳礼讃《いんえいらいさん》』

「わが恋は松を時雨《しぐれ》の染めかねて真葛《まくず》ヶ原に
風さわぐなり」

古刹《ふるでら》の山号こそが慈円山《じえんさん》
「円山《まるやま》」の名はそれに依《よ》るとか

しもた屋がぽつぽつならぶ坂道に
荒肝《あらぎも》ひしぐ偉観《いかん》これあり

荘重なRenaissance《ルネサンス》様式の外観は
「和」に慣れた目に珍と映れり

ここはひとつ入館させていただいて
伊太利亜料理《イタリアン》でも食《しょく》することにしよう

明治四十二年創建の長楽館

室内の装飾もまたすばらしい
　Rococo《ロココ》にしてもArt Nouveau《アールヌーヴォー》にしても

味はよしただ惜しむらく給仕係《ウェイター》
　そのふるまいの愛想のなさよ

彼の名は石部《いしべ》金吉《きんきち》にちがいない
　冷たい物言いええ加減にしたまえ

超モダン京都ステーションは人いきれ
　旅しめくくる一杯の蕎麦《そば》

軍都の幻

台風一過澄《す》みわたる空に澄みわたる
　竹内まりやの歌声《うた》がながれる

お天道《てんと》様がどこぞ遊びに行きなされと
　囁《ささや》きかける光満《み》つ朝

「老いるとも繭《まゆ》ごもるな」とは自戒の訓《くん》
　さあ腕まくりして散策に出《い》でむ

わが足を東に向ければハチ公前
なお燻《くすぶ》るや若き日の燃えさし

切れの悪い動きしているこいつらは！
渋谷の土鳩《どばと》も二十歳《はたち》のわれも

服飾《アパレル》と宝飾《ジュエリー》の店たち並び
巴里《パリ》もかくやの青山通り

流行《ファッション》の先端もとめる富者《ひと》の群れ
およそ土鳩に縁《えん》なき世界か

人の波かきわけ進めばおお見える
神宮外苑の銀杏《いちょう》並木が

二列《ふたつら》の並木がつくる双曲線《そうきょくせん》
目にも綾なる対称美《シンメトリ》なせる

遠近法《えんきんほう》の視線がむすぶ焦点《フォーカス》に
由緒ありげな石造館あり

明治の世おし開《ひら》きたる天皇《すめらぎ》の
遺徳をしのぶ普請《ふしん》にぞありける

大正十五年竣功の聖徳記念絵画館

千鈞《せんきん》の御影石《みかげいし》から放たれる
万斛《ばんこく》の威光に身は引き締まる

大帝の事蹟《じせき》のかずかず生き写す
絵画八十枚に垂《なんな》んとす

目をうばう日露戦争凱旋《がいせん》の
観兵式《かんぺいしき》を描きし一枚

そうここで三万兵士列《れつ》をなし
戦捷《せんしょう》行進《こうしん》つと行いしとぞ

「あまたたび戦いかちしつわものをこの青山に見るぞうれしき」（御製）

切々と「君死に給《たま》うことなかれ」と
　さる歌人が詠いしあの戦《いく》さ

今でこそシャンゼリゼもどきの青山は
　かつて真広《まひろ》の軍用地なりき

地に伏した兵卒にそそぐ上官《かみ》の号令《こえ》
「匍匐《ほふく》前進」「撃方《うちかた》始メ」と

二百三高地に屍《かばね》さらした歩兵らも
　この地で訓練《おしえ》うけしとかや

与謝野晶子《よさのあきこ》の非戦詩

あらためて戦前東京の地図みれば
　軍用地の多きにただただ驚く

日比谷《ひびや》にも駒沢《こまざわ》までも練兵場
　軍靴かつかつ引きも切らずに

絵画館その植え込みにぽつねんと
　依代《よりしろ》とも紛《まご》う標石のあり

ややこれは北緯五十度樺太《からふと》の
　対露国境しめす界標《いし》なり

「大日本帝国境界」標石（転置）

わが父母が生計《たつき》なしたる樺太は
　しかと日本の一部でありけり

過ぎし日の軍都の姿うかびでる
　秋たける日まぼろしのごとく

＊

地図帳をあかずながめる少年の
　胸にひろがる東京への憧《あこが》れ

中学の修学旅行で訪れた
　初めての都会初めての雑踏

上野から渋谷に向かう道すがら
　とぎれぬ家並《やな》みに目くるめいて

せっかくの天象儀館《プラネタリウム》の星空も
　うたた寝にしずむ旅の疲れで

日活の青春映画でつくられし
　東都の心象《イメージ》すこぶるよろし

すぐそこに映画スターがいるような
　妄想めぐらすこの尖《とが》りよう

現実と非現実との隔《へだ》てない
　少年という名の奇なる生きもの

＊

去《さ》ぬる日の浅草寺《せんそうじ》への初詣《もう》で
　押すな押すなの人込みのなか

冬びえも順番待ちもなんのその
　参拝の列雷門《かみなりもん》まで

吾妻《あづま》橋いざよう川面《かわも》ながめては
　しみじみ思う在りし日の惨事《こと》

現今《いま》およそ遡《さかのぼ》ること七十年余《ななそま》り
界隈いちめん焼け野となれり

真夜中に爆弾二千トンの雨あられ
猛々《たけだけ》しい炎満天《まんてん》こがす

ひと一晩で亡骸《なきがら》なんと十万とは
人民《たみ》の命は鴻毛《こうもう》より軽し

目の前をゆったり流れる隅田川
あの日あまたの骸《むくろ》で満てりと

戦争《いくさ》には戦争の理屈あるとても
　こんな大量殺戮《ひとごろし》許されまいに

頑《かたく》なな日本《やまと》をしかる米国《アメリカ》の
　「涙の折檻《せっかん》」「愛の鞭《むち》」か

戦災の記録とどめる資料館
　展示の品々その痛々しさよ

毀《こぼ》たれて焼け跡に座《ざ》す仏像に
　八紘一宇《はっこういちう》の虚妄を見たり

傾《かし》いでもなお人間《にんげん》の愚かさを
たしなめやまぬ仏《ほとけ》と見れば

おびただしい流血の上に今日《こんにち》の
浅草の賑わいあると言うべし

*

昼下がり桜ふぶきの坂上に
靖国神社《やすくにじんじゃ》の大鳥居そびゆ

戦没の御霊《みたま》をまつる招魂《しょうこん》の
社《やしろ》たてるは維新後まもなき

霊璽簿《れいじぼ》に載りし二百万の英霊は
　祭神《さいじん》となりて社殿にねむる

戦没とは「報国の戦死」であるゆえに
　祭祀されざる西郷隆盛《さいごうたかもり》

西南戦争の賊軍の将

かしこみて神門《しんもん》くぐれば程《ほど》なくも
　皓々《こうこう》とした遊就館《ゆうしゅうかん》あらわる

銃砲刀・人間魚雷・戦闘機
　ほこらしげに並び臨戦のかまえ

人間を殺《あや》めるために拵《こしら》えし
機材のはなつ異様なかがやき

参拝をめぐる議論のかまびすし
「ヤスクニ守れ」「ヤスクニ反対」

難問《アポリア》はどこまで続くかわが国の
現代史に刺さりし一本の棘《とげ》

千鳥ヶ淵《ちどりがふち》戦没者墓苑の静けさよ
名もなき兵士《ひと》こそ安らかに眠れ

Ⅲ　人の巻

鎮魂の歌

窓のそと内房《うちぼう》の海みやりては
亡き友の名をそっと呟《つぶや》く

叶《かな》わざる青春の夢おきざりに
永遠《とわ》の眠りにつきたる君よ

過ぎし日の記憶とどめる「忍ぶ川」
時空《じくう》をこえて今日も流れる

さんざめく早稲田《わせだ》通りの居酒屋で
　飲みかつ食《く》らいかつ語りしや

それとても「やり過ぎはいかん」やり過ぎは
　命の水も時には毒ぞ

やわらかな朝の光に身をさらし
　英字新聞《しんぶん》を読む君にあるかな

折りにふれ君が語りしＪ・ジョイス
　その小説を今こそ読まんか

二十世紀初のアイルランドの作家

頭髪《とうはつ》はすでに遠のく珈琲《コーヒー》の
　冷めやらぬ間《ま》のハゲマシも効なく

北天《ほくてん》にさゆる新たな星ひかり
　ああ君は極光《ひかり》となりしか

吹かば吹け山崎《やまざき》つたう風の音
　われの耳朶《じだ》には挽歌《ばんか》と聞こゆ

*

つれづれに心のぶれをかくと書く
　悲喜《ひき》こもごもの折り折りの歌

とつおいつ然《さ》るべき言葉あてがいて
　わが良しとする歌つくられき

知恵しぼり心象《イメージ》の文字化いそしめば
　心おのずと浄化されたり

夜も更《ふ》けてすらり三つ四つ歌を詠む
　酒杯も三つ四つ重ねけるかも

五七調に同音異義語こきまぜて
　言葉あそびに興じる秋の日

短歌屋が啖呵《たんか》をきって詠《うと》うたんか……
　出《い》づるは悪魔《サタン》かそれとも嗟嘆《さたん》か

手鏡にうつる姿を詠《うた》うごと
　ベラスケスの画法おもわざるなし

歌詠むは悲しからずやむくつけき
　おのが姿の照り返しあれば

あれは駄目《だめ》これは駄目とてなしくずし
　否定の果てに自我とろけだす

十七世紀スペインの画家

友垣をうとましと感ずこれをしも
自縄自縛《じじょうじばく》と人は言ふらむ

落ち落ちて安吾《あんご》のように落ちるとも
蜘蛛《くも》の糸もてただ上がるのみ

風船《ふうせん》を飛ばせ言葉の風船を
雲雀《ひばり》のように高く高くなお高く

明け暮れに苦しみもがく三十一文字《みそひと》の
その先にある大いなる喜び

坂口安吾「堕落論」

ああできた！　胸底《むね》にひろがる達成感
　これある限り歌づくりは止《や》まぬ

苦と楽の二つの顔もつ歌づくり
　さながらローマの双面神《ヤヌス》のごとし

わが短歌《うた》を良しとする人より報ある日
　心はずませ弦楽器《ギター》つまびく

自作歌を久方《ひさかた》ぶりに読み返し
　其処《そ》にひとしずく癒《いや》しを得たり

＊

父母逝《ゆ》きてはや幾年《いくとせ》が過ぎにけり
思い出ちらほら在りし日のこと

薪《まき》割りに汗を流してお父さん
「ハイライト」くわえ寛《くつろ》ぎの一服

お土産《みやげ》の雉子《きじ》をさばいて鍋料理
家族だんらん昭和なかばの

強くあれ優しくもあれ庭訓《ていきん》を
晩酌《ばんしゃく》の合い間とつとつ語りき

かたわらの火鉢《ひばち》の湯気のむこう側
母はせっせとセーターづくり

秋たけて裏山《やま》で集めた栗の実を
卓袱台《ちゃぶだい》に置く意気揚々として

朗報をいち早く母に伝えんと
家路をいそぐ田中の小道

なぜ愛《いと》し海原《うなはら》わたる白鳥《しらとり》が
「北」の血をひくわが出自ゆえ

手向《たむ》けから黄道《こうどう》十二宮の星々は
　幾度《いくたび》となく天を経《へ》めぐる

いにしえの占星術《せんせいじゅつ》では黄道に
　十二の星座処々《しょしょ》あるという

どれがどれ座名つぶさに知らねども
　星座《ほし》みて亡き人それとなくしのぶ

去年《こぞ》はだれ今年《ことし》はだれとうち続く
　訃報《ふほう》をうける我も古稀過《こきす》ぐ

若者よ曙光《しょこう》めざして立ち上がれ！
　言ひてしやまぬ学友もまた

ひとり消えまたひとり消え戸惑いと
　悲しみまじりに春の日は暮れ

とこしえの別れとなるも六月の
　菩提寺《ぼだいじ》の庭に若葉は満ちて

平服で墓碑にぬかずく我さして
　喪服の鴉《からす》カアとあざける

悦楽の刻

旧交を温めようと居酒屋の
暖簾《のれん》くぐるは同窓四《よ》っ人《たり》

山海のもろ味を肴《さかな》に旨酒《うまざけ》を
干《ほ》しては語る来《こ》し方ことごと

アフリカで食糧支援の活動に
はげむ友あり顔色よろし

業務上過失を問われ検察に
　引かれる友あり顔色わろし

人の世に勝者もいれば敗者もいるさ
　身も蓋《ふた》もなきいつもの結論

浪花節《なにわぶし》の有為転変《ういてんぺん》はともかくも
　も一度食べたし珍なる魚介《うお》を

旨いもの世に多かれど……今日《きょう》までの
　「食」の記憶がおぼろに浮かぶ

三陸の海鞘《ほや》こそ海の珍味なれ
　食《お》せば磯の香《か》ぱっと広がる

ひた黒の醤油を差してひとつまみ
　ほろ苦《にが》き味ほんに並びなし

今はむかし浦に漕《こ》ぎいでわが伯父が
　夜なべ捕《と》らえし細ながき鱧《はも》

鰻《うなぎ》でも穴子《あなご》でもなくときどきは
　頬ばりたしや鱧の白焼き

北大路魯山人「鱧は焼いて食うのが一番美味い」（『魯山人味道』より）

鮟鱇《あんこう》の煮こごり鯵《あじ》の磯辺焼き
　舌は鳴る鳴る目元はゆるむ

生姜《しょうが》ない鰹《かつお》のたたきに山椒《さんしょう》とは
　もう柚子《ゆず》れないせめて山葵《わさび》を

ひょうきんな体形《かたち》で舟人《ふなうど》なごませる
　翻車魚《まんぼう》の刺身これまた旨し

さる人を真似《まね》て吾輩《わがはい》こう言おう
　「魚《うお》なき食事《みけ》は片目の美女」と

十八世紀フランスの作家サヴァラン「チーズのないデザートは片目の美女である」（『美味礼讃』）

旅のやど地酒をなめて肉はんで
快楽の淵にたらふく沈む

寂しさ《ロンリネス》も薄ら虚しさ《エンプティネス》もさようなら
口いっぱいの嬉しさ《ハピネス》こんにちは

許されよ浴衣《ゆかた》の紐《ひも》もしどけなく
今日《きょう》をかぎりの食道楽《ガストロノミア》を

＊

深大寺《じんだいじ》門前に茶屋たちならび
幟《のぼり》はためく夏木立《こだち》のなか

東京都調布市

見わたせば天つく欅《けやき》からむ蔦《つた》
　亭々《ていてい》とした武蔵野の景《けい》

ここに来て食わぬ手はなし深大寺
　名代《なだい》の蕎麦《そば》に舌鼓《つづみ》うつ

蕎麦すする座席の傍《そば》に池ありて
　大きな緋鯉《ひごい》ゆうゆう泳ぎぬ

名代蕎麦そのお代より百倍も
　値の張る緋鯉に相違あるまい

「まあすてき百万かしら」品のよき
　隣りの婦人の洩らすささやき

その言《げん》に耳**そば**だてる我ありて
　感嘆するやら苦笑するやら

＊

いつになく寂《さみ》し心で何やらむ
　窮《きゅう》してあるく東京の町

「一《い》つ二《に》なく三《さ》み四五《しご》こ六《ろ》で七《な》に八《や》らむ
　九《きゅう》してあるく十《とう》京の町」

一《ひと》ツ橋二子玉川《ふたこたまがわ》三軒茶屋
数たつ町の思い出あれこれ

あのころは四谷《よつや》五反田六本木
遠路いとわずよく食べ歩いたね

七まがり八雲《やくも》ヶ丘の大学へ
通った日々の学食の味

九重《ここのえ》の花をめでつつ草餅を
手ずから食らいし麻布十番

忘られぬ百人町の居酒屋で
あつく語った健啖《けんたん》ばなしを

食すれば千にひとつのその旨さ
万世《まんせい》橋の肉豆腐かな

＊

幾重《いくえ》にも積みかさなりし泥を吐き
美々《びび》しきものにひたる「晴れ」の日

今宵《こよい》さて垂涎《すいぜん》のチケット握りしめ
宝塚《たからづか》歌劇《かげき》に足を運ばん

十人の踊り子一糸《いっし》の乱れなく
拍子《リズム》に合わせくるくる回る

身にまとう金属薄片《スパンコール》はきらきらと
反射光はなつ照明具《ストロボ》のもと

背《せな》にさす駝鳥《だちょう》や雉子《きじ》の羽根かざり
揺れ動くたび心も揺れる

あでやかな歌や踊りに時わすれ
しばしさまよう夢の世界を

男装のタカラジェンヌが撫肩《なでがた》で
　ベルカント風にアリア歌えば

すべからく醜《みにく》きものに蓋《ふた》をせよ
　陶酔の夢こわすのは誰《だれ》だ

歌劇《レヴユー》とは俗塵《ぞくじん》はらうたまゆらの
　擬似《ぎじ》ユートピアと言えるものかも

＊

ありゃなんだ瑠璃《ラピスラズリ》玻璃それとも黄玉《トパーズ》か
　宝石ごときもの宙《ちゅう》舞うを知る

真幸《まさき》くもわが産土《うぶすな》は草ふかく
賤《しず》のくまにも蝶みだれ飛ぶ

渓流に沿いて行き交う鴉揚羽《カラスアゲハ》
石垣で翅《はね》をやすめる孔雀蝶《クジャクチョウ》

そうあれは十三ふたつの夏のこと
変わり果てたり殺戮者《さつりくしゃ》へと

やみくもに捕虫網ふるい展翅《てんし》して
標本つくるを課業《つとめ》となせり

標本に恍惚とする我を見て
屍体崇拝《ネクロフィリア》と揶揄《やゆ》する人あり

なにゆえに蒐集癖《しゅうしゅうへき》に憑《つ》かれしや
身こがす美への欲情かもしれぬ

おしなべて雌《メス》より雄《オス》があざやかな
斑紋《はんもん》まとう昆虫の世界

地味な雌それにひきかえ派手な雄
盛装せざれば伴侶《はんりょ》得られじか

生殖をうながす手《て》練《れん》手《て》管《くだ》には
　人なり虫なりさまざまありて

寸分《すんぶん》も無駄なく生きる虫たちよ！
　ファーブル魅せられその合理主義に

生命《せいめい》の絶ゆることなき連鎖こそ
　生あるものの無二《むに》の務めなれ

＊

つゆ知らず杜《もり》の都の真ん中に
　青銅《ブロンズ》の大なる力士像あるを

十九世紀末フランスの昆虫学者

不世出《ふせいしゅつ》の横綱として耳なじむ
　谷風《たにかぜ》梶之助その人にあらずや

生涯の勝率九割を超えたよし
　ヘラクレスなみの無双の怪力《かいりき》

世に運動競技《スポーツ》かずかずあれど相撲ほど
　即決明快の決着なかるべし

寄る掛ける押す突く投げる反《そ》る捻《ひね》る
　決まり手およそ四十八手なり

江戸時代中期の仙台出身力士

肉塊と肉塊がぶつかるにぶき音
一気呵成《いっきかせい》のがちんこ勝負

残った残ったふんばる足もと砂けむり
髱《たぶさ》は揺れて汗とび散りぬ

嗚呼そこで腕《かいな》かえすとは阿呆《あほ》かいな
かいなく重ねる八つの黒星

外《と》つ国の力士の容貌魁偉《かいい》なり
思わずつぶやくSumo Wrestler《スモウレスラー》と

黄昏の賦

駅までのいくばくもない道のりが
足の痺《しび》れでどうにも遠し

ぺったりとコンクリに座《すわ》りひと呼吸
寄る年波に浮き雲ながれ

直立歩行が現生人類《ホモサピエンス》の証《あか》しなら
歩めぬ輩《やから》もはや人間《ひと》もどきか

老人は杖《つえ》もち脚《あし》が三本《みっつ》なり
　スフィンクスの謎かけ至当なるべし

町医者は祝詞《のりと》めかして我に宣《の》る
「脊柱管《せきちゅうかん》の狭窄症《きょうさくしょう》ですな」と

若き日は６９《ロック》に痺れ昂《こう》じるも
　老いては４４《しし》（四肢）の痺れに困《こう》じる

酒やめますか煙草やめますかそれとも
　歌詠み花塵《かじん》となり果てますか

見渡せば右も左も荒野なり
　わが安息の地はいづくにありや

細胞の死滅が生成うわ回る
　老いという名の魔法のメカニズム

毎日の瑣事《さじ》こなす間《ま》も絶えずして
　細胞いくつも死滅するとや

いかんせん免疫・内分泌の生体機能《システム》が
　あらがう術《すべ》なく衰えるよし

まず足が弱まり次は目の番だ
老眼鏡《めがね》の度数めっきり強まる

辞書ひくも3・0《さんてんれい》の眼鏡《たま》なくば
「パ」と「バ」の見分け容易につかぬ

記憶力とぐろを巻いて弱まれば
些々《ささ》の単語がなかなか出て来ん

人参《にんじん》は英語でcarrot 芋《いも》はpotato
ええっと葱《ねぎ》は何だったかしらん

南無三宝あさき夢みじ酔いもせず
色欲の衰えこれまた著《しろ》し

壮年のさながら獅子《しし》の雄たけびも
今では羊《ひつじ》の嚏《くさめ》に似たり

老年は苦しきことのみ多けるか
そうとは言えぬが人生の醍醐味《だいごみ》

たっぷりと時間はあるぞ買い溜《た》めた
書棚の本をゆっくり読める

染《し》みのある古書を再読するもよし
真《ま》っさらの新刊ひもとくもよし

いつの間に机上《きじょう》山なすＣＤを
ねんごろに聴くも老いの楽しみ

意のままに夕暮れ時《トワイライト》にはポップスを
丑三つ時《ミッドナイト》にはブルースを聴く

見えぬもの所詮《しょせん》見えぬし持てぬもの
所詮持てぬとしなやかに悟れ

金ぴかの物欲失《う》せればいつのまに
　豊《ゆた》けき心ふかまるを知る

＊

祖父がいて父の子われに孫がいて
　譲《ゆず》り葉《は》のごとき生命《いのち》のつながり

会うたびに服のサイズが徐々に増す
　六人《むたり》の孫よ！　みな元気かい

「しりとり」がやたら強かりし初孫は
　国文学の門ひらかんとす

なんとまあ手際のよきことクッキーを
焼いては包む家族の数だけ

よく見れば毬栗《いがぐり》頭のてっぺんに
賢げな「つむじ」二つほどあり

たくましい小さな剣士ゆく末は
武蔵か鉄舟なりにけるかも

宮本武蔵か山岡鉄舟か

安積《あさか》なる開成山《かいせいざん》の空すみて
七五三童子《わらわ》の晴れがましさよ

福島県郡山市の開成山大神宮

ついに聞く「じいじ・じいじ」と二歳《ふたとせ》の
声のかそけきある日の電話

蛇《じゃ》の道を歩むなかれとただ願う
おん身もとより爬虫類《はちゅうるい》にあらずば

目白なる学習院《がくしゅういん》で講義する
いとしの妻が大きく見える日

父の日に娘からもらいし焼酎《しょうちゅう》を
舐《な》めてはたぐる追憶の糸

ひさびさの再会はたし洋風酒肆《ジャズバー》で
杯かたむける課長の息子と

我ときて隼《はやぶさ》とまでは言わないが
せめて燕《つばくろ》の翼もて飛べ

本当ニ大事ナモノハヒッソリト
隠レテイルノサ日常ノ中ニ

どこにあるわが存在論的《オントロギー》証明は？
倦《う》まず弛《たゆ》まぬ歌づくりこそ

あとがき

数年前、私の歌集に対してある人からコメントが寄せられたが、その言葉がずっと気になっていた。「あなたの歌集は歌集らしくないところがあります。まるで紀行文かエッセイを読んでいるようです」と。それを読んで一瞬ぎくりとしたが、私にも思いあたる節がなくもなかったので、「ほほう、そうかもしれない」と、ぐっとその言葉を飲み込んだ。あんがい貴重な意見かもしれないと思ったからである。その人はどのようなつもりで、その言葉を発したのだろうか。「自分好みの短歌ではない」という苦言のようにも聞こえたし、また「散文的イメージの表現としては成功している」という褒め言葉のようにも聞こえた。とはいっても、かりに多少の称賛が含まれているとしても、歌集を出した人間にしてみれば「歌集らしくない」というコメントは、やはり気持ちがいいものではない。

従来から「短歌は〝詠うもの〟であって〝述べるもの〟ではない」と言われてきた。また「短歌という形式だけで、物語ふうの長めのストーリーを書くことはできない。それは散文が担うべき役割である」とも言われてきた。このことに思いを致すと、私の短歌は〝詠う〟というより〝述べる〟ことに重きが掛かっていた、少なくとも、くだんの御仁にはそう映じていたということだろう。散文的といえばいくぶん上品に聞こえるが、平たい言葉でいえば「あんたは歌が下手くそだ」と言いたかったのかもしれない。私とて自作歌が最上だと思っているわけではない。

ただし以下のことだけは言っておきたい。すなわち判定を下す者の立ち位置はどんなところにあるのかと。これは一般論として言うのだが、判定者は、①歌人と称するに値する専門家なのか、②ディレッタントと呼ばれるアマチュア実作者なのか、③歌に関しては素人なのか。さらに言うなら、その判定者は何をもって比較しているのか、①昔の古典短歌なのか、②明治以降の近代短歌なのか、③現代の前衛短歌なのか、こういった点も考えなければならないだろう。その立ち位置によっては、評価という営為に対してある種の偏り《バイアス》が掛かることも考えられる。その御仁は私の見立てでは「ディレッタントめいた人」であって、「近代短歌というよりむしろ前衛短歌」と比較してあれこれ言っているように思える。

＊

この一件は、世の中にごまんとある〝ちょっとしたエピソード〟のたぐいであるが、そこには歌が上手《うま》いとか下手とかといった〝子供の喧嘩〟のようなレベルだけでは収まらない、見かけ以上に重要問題をはらんでいると思われる。ある事象に接して短歌を詠もうと思ったとき、心のなかに抱いた漠然としたイメージを、個々の歌としてどのように表現するか、そしてそれらをどのように配列するか、こういった歌集づくりの核心に係わってくるからである。私がこれまで、どのような考え方で歌集づくりに取り組んできたのか少しだけ述べておこう。

すでに第二歌集の冒頭でこう書いている。「一つ一つの歌はどこまで独立の存在たりえるか。……。短歌というのは、基本的に五七五七七というわずか三十一文字からなる言語芸術である。この小さい文字空間のなかに、詠み手の目に映じた情景なり心の動きを閉じ込める、いやもっといえば森羅万象の世界を閉じ込めるわけだから、どうしても窮屈な感じを抱かせることがある。逆にいうと、歌を一つまた一つと積み重ね、あたかもそこで物語をつむいでいくかのように相互連関的に配列していけば、窮屈な感じは解消され、その表現の幅はぐっと広がっていくことになるのではないだろうか」。と

これが私の歌づくりに際しての基本的スタンスであった。その具体的な展開例を示したいところだが、紙面の都合上それは割愛する。要約すると、一首だけでは作者の意図が伝わりにくいというのは、昔から言われてきたことであって、それをどう克服するかという課題に対して「連作」や「詞書《ことばがき》」といった手法が使われてきたということである。過去の書物をみれば、複数の歌をもって一つのテーマを追求する連作という形をとったり、本歌の意味を補足する詞書を付けたりすることが多いのに気づくはずである。

連作についていうなら、例えば近代短歌の巨人・斎藤茂吉《さいとうもきち》がものした「死にたまふ母」という連作が思い浮かんでくる。母の死を目前にした斎藤茂吉が詠んだ歌がずらり二十八首も並べられていて、読む者に感動を与えずにはおかない。また詞書については次のような例がある。

『万葉集』巻二に、大伯皇女《おおくのひめみこ》という人物が詠んだとされる歌が載っている。


うつそみの人にある我れや明日《あす》よりは二上山《ふたかみやま》を弟背《いろせ》と我れ見む

およそ歌意は「この世の人間である我は明日からは、この二上山を弟だと思って眺めることにしよう」である。二上山というのは、大阪・奈良県境に位置している古くから信仰の対象になっている霊山。この歌をさらりと見ただけでは、大伯皇女がなぜ二上山を弟だと思って眺めているのか、よくわからない。

そのため本歌の意味を補強するべく「大津皇子《おおつのみこ》の屍を葛城《かつらぎ》の二上山に移し葬る時に大伯皇女の哀傷《かな》しびて作らす歌」という詞書が付いている。これがあることで読者には、①大津皇子が何らかの理由で死んでしまい、葛城の二上山に葬られたこと、②その死を大伯皇女が深く悲しんでいることがわかる。もしそれがなければ、何のことかさっぱりわからない。実際のところ、この歌を真に理解するには歴史的な背景を知っておく必要があるが、それはここでは割愛する。

一言だけ補足すると、大津皇子は若くして政敵による謀略で殺されたということである。

＊

では、こうした連作や詞書が現在の歌壇においてどう扱われているか。単行本はともかくとして、通常の発表形態においては（短歌大会とか新聞の投稿歌壇など）、作品の評価は個々ばらばらにされた単独の歌に対してなされている。これは、いかにも現代的というか便宜的というしかない。かくなるプロセスを経て、たった一つの歌に対して何々賞といった栄誉が与えられる。このときその歌は、連作であればそのユニットから抜き出された形に、あるいは詞書が付いていればそれが取り外された形になっている。余計な枝葉をすべて切り取られた歌。その光景は、あたかも荒野にそびえる一本の立ち木といった趣きである。

もうここまでくれば、私が何を言いたいかは明瞭であろう。「連作」であれ「詞書」であれ、あるいは「物語性のある配列」であれ、もっとトータルに歌を評価する形があってもいいのではないか、私にはそう思われてならない。とまれかくまれ、ある人から寄せられたコメントに端を発して、歌づくりのあれこれについて日頃思っていることを書いてきた。返信として十分に説得力のあるものになっただろうか。歌についてあれこれ考えていると、さまざまな想念が行き交って、言葉の海で溺れそうな気にもなってくる。ここはひとつ「過ぎたるは及ばざるごとし」という賢人の箴言《しんげん》を受け入れて、しずかに机上のペンをおくことにしよう。

命さえ散《さん》じかねない言海《げんかい》の危うき淵より今かえり来む

令和四年（二〇二二年）十二月二十三日

藤原和夫

著者略歴

藤原 和夫

昭和 24 年（1949 年）岩手県宮古市生まれ。名古屋工業大学中退。東京都立大学人文学部史学科卒業。出版社の編集者、高校教師（世界史）を経て、現在は著述に専念。著書『追想のツヴァイク——灼熱と遍歴（青春編）』（東洋出版、2008 年）、訳書『ツヴァイク日記』（東洋出版、2012 年、原文ドイツ語、日本自費出版文化賞）、『歌集 / 道すがらの風景』（東洋出版、2014 年）、『歌集 / 季節はめぐる風車』（東洋出版、2015 年）、『歌集 / ひそやかな献杯』（東洋出版、2016 年）。ほかに論文「戦争体制の構築と高橋財政」（私家版、1990 年）がある。

さだめなき彷徨《ほうこう》

発行日　2023 年 9 月 30 日　第 1 刷発行

著者　藤原和夫（ふじわら・かずお）

発行者　田辺修三
発行所　東洋出版株式会社
〒 112-0014　東京都文京区関口 1-23-6
電話　03-5261-1004（代）　振替　00110-2-175030
http://www.toyo-shuppan.com/

担当　秋元麻希

印刷・製本　日本ハイコム株式会社（担当：前田武彦）

ISBN 978-4-8096-7981-0　定価はカバーに表示してあります

ISO14001 取得工場で印刷しました